LEKTÜRE HILFE

Eine Wohnung in Paris

Guillaume Musso

LEKTÜRE
HILFE

Eine Wohnung in Paris

Guillaume Musso

Verfasst von Marianne Coche
Übersetzt von Gerda Fischer

DER QUERLESER

Auf derQuerleser.de findest Du:
Zahlreiche verständliche und detaillierte Lektürehilfen in Nullkommanichts in digitaler Version oder als Taschenbuch.

GUILLAUME MUSSO

FRANZÖSISCHER AUTOR

- Geboren 1974 in Antibes
- Einige seiner Werke:
  - *Und danach…* (2004), Roman
  - *The Paper Girl (Das Papiermädchen)* (2010), Roman
  - *Der Ruf des Engels* (2011), Roman

Guillaume Musso wurde 1974 in Antibes geboren und war sich seiner Berufung als Schriftsteller schon früh bewusst. Mit 19 Jahren reiste er nach New York, wo er bereits zahlreiche Ideen für seine Romane hatte. Nach seinem Abschluss in Wirtschaftswissenschaften unterrichtete er dieses Fach bis 2008. 2004 erschien sein Buch Et Après…, das sich millionenfach verkaufte und in rund 20 Sprachen übersetzt wurde. Auch in der Folgezeit begeisterten sich die Leser für jeden seiner Romane, wie Sauve-Moi (2005), Seras-tu là? (2006), Parce que je t'aime (2007) etc. Heute ist er einer der beliebtesten Autoren der breiten Öffentlichkeit, und mehrere seiner Werke wurden verfilmt.

EINE WOHNUNG IN PARIS

EIN UNERWARTETER THRILLER MIT DEM HINTERGRUND EINER INITIATIVEN SUCHE

- **Genre:** Thriller
- **Referenzausgabe:** Un appartement à Paris, Paris, Pocket, 2018, 542 S.
- **1. Auflage:** 2017
- **Thematisch:** Untersuchung, Liebe, Kunst, Rache, Mutterschaft

Auf halbem Weg zwischen Thriller und Initiationsgeschichte erzählt Guillaume Mussos Roman von 2017 die Geschichte der unvorhergesehenen Begegnung zweier Charaktere, die alles zu trennen scheinen: Madeline, eine ehemalige Polizistin aus London, und Gaspard, ein bekannter amerikanischer Dramatiker. Aufgrund einer Computerpanne müssen die beiden ihre Pariser Mietwohnung teilen und entdecken Sean Lorenz, den ehemaligen Eigentümer des Hauses, das sie vermieten, was sie mitten in eine unvorhergesehene Ermittlung wirft. Zahlreiche Drehungen und Wendungen führen sie von Paris nach New York, aber sie konfrontiert auch ihre inneren Dämonen.

PARIS UND DIE VERLORENEN GEMÄLDE

Am Dienstag, dem 20. Dezember, landete der amerikanische Dramatiker Gaspard Coutances wie jedes Jahr auf dem Flughafen Roissy-Charles-de-Gaulle, um einen Monat lang in einer Pariser Wohnung zurückgezogen zu sein, um sein neues Stück zu schreiben.

Die Londoner Ex-Polizistin Madeline Greene, die mit dem Eurostar am Gare du Nord ankam, hat ein Ferienhaus gemietet, um es nach einem Selbstmordversuch wieder aufzubauen, wieder zu Kräften zu kommen und sich dem In-vitro-Fertilisationsprozess zu unterziehen, den sie durchmacht. In ihren Augen ist dieser Eingriff ihre letzte Chance, ein Kind zu bekommen.

Aufgrund eines Computerfehlers sind Madeline und Gaspard gezwungen, dasselbe Haus zu teilen: das Atelier von Sean Lorenz, einem ehemaligen Graffiti-Künstler in New York, der später ein berühmter Maler wurde und inzwischen verstorben ist.

Verärgert kontaktiert und trifft Madeline Bernard Bénédick, den Galeristen, der für die Vermietung des Hauses verantwortlich ist, das er von Sean Lorenz, seinem ehemaligen Künstlerfreund, geerbt hat. Aufgrund ihrer Art Fragen zu stellen, vermutet Bernard, dass die junge Frau Polizistin ist, und als er erfährt, dass sie an

Entführungs- und Mordfällen gearbeitet hat, lädt er sie zum Mittagessen ein. Neben dem Haus hinterließ Sean ihm auch eine Streichholzschachtel aus einem von ihm besuchten Restaurant, auf der er ein Zitat von Apollinaire schrieb: „Es ist höchste Zeit, die Sterne wieder anzuzünden." In Wirklichkeit handelt es sich um einen vom Maler hinterlassenen Hinweis auf das Versteck seiner letzten drei Gemälde, das der Galerist seit dem Tod seines Freundes vergeblich gesucht hat. Da Bernard Bénédick vermutet, dass sie die Bilder finden wird, betraut er Madeline mit dieser Aufgabe.

Währenddessen erkundet Gaspard das Haus und entdeckt eine Biographie von Sean Lorenz, die er faszinierend zu lesen findet. Der von lauter Musik gestörte Dramatiker geht zur Nachbarin Pauline Delatour. Im Gespräch mit ihr erfährt er, dass Lorenz wenige Tage vor seinem Tod wieder mit dem Malen begonnen hatte. Entgegen seiner Tagesgewohnheiten widmete sich der Künstler jedoch nur nachts seiner Leidenschaft.

Zwei Jahre zuvor hatte Beatriz Muñoz, eine alte Freundin von Sean, seine Frau Penelope und seinen Sohn Julian in New York entführt und gefangen gehalten. Die Entführung endete mit dem Tod des kleinen Jungen, was den Maler verwirrt zurückließ und sich wieder mit seinen Dämonen – Alkohol, Drogen und Medikamenten – verband. Wider Erwarten begann er kurz vor seinem Tod wieder zu malen, eingelullt von der wahnsinnigen Hoffnung, dass sein Sohn noch am Leben sei, und bestätigte damit die Existenz der drei Gemälde.

Die Entdeckung all dieser Elemente hinterließ bei Madeline und Gaspard einen solchen Eindruck, dass sie beschlossen, gemeinsam nach den Gemälden zu suchen, jeder für sich, da sie einander nur für die Dauer einer Mahlzeit aushalten konnten. Bei ihren Recherchen treffen sie mehrere Personen aus dem Umfeld des Malers: Pénélope Kurkowski, seine Ex-Frau; Diane Raphaël, seine Psychiaterin und Freundin; und Jean-Michel Fayol, sein Farbenhändler.

Als Madeline und Gaspard schließlich das Restaurant besuchen, aus dem die Streichholzschachtel stammt, machen sie einen entscheidenden ersten Schritt in ihrer Untersuchung. Als sie das Mosaik untersuchen, das der Maler in der von ihm besuchten Bar verlegt hatte, entdecken sie einen sorgfältig versteckten QR-Code. Der Code führt zu einem Zitat von Oscar Wilde, in dem es ebenfalls um Stars geht. Als sie von Bernard Bénédick erfahren, dass der kleine Julian auf die Star School gegangen ist, machen sich Madeline und Gaspard auf den Weg zum Tatort. Dort erinnert sich Gaspard daran, dass Gustave Courbets Gemälde Der Ursprung der Welt von einem anderen Bild verdeckt wurde und schneidet drei Kinderbilder aus, hinter denen Sean seine letzten Werke versteckt hatte. Auf dem letzten von ihnen wird der Satz „Julian lebt" mit leuchtender Farbe aufgetragen und über die gesamte Leinwand wiederholt.

NEW YORK UND DER KLEINE JULIAN

Madeline ist davon überzeugt, dass der Sohn von Sean und Penelope tot ist, und reist nach Spanien, um ihre Eizellen entnehmen zu lassen.

Gaspard ist mit diesem Ergebnis nicht zufrieden und untersucht weiter. Dank der Dokumente und Gegenstände, die er im Nachlass des Malers findet, ist er überzeugt, dass der kleine Julian noch lebt. Da er jedoch weiß, dass diese Beweise nicht ausreichen, um Madeline zu überzeugen, ändert er Seans Telefonaufzeichnungen und druckt einen Zeitungsartikel über die Arbeit des jungen Polizisten aus, wobei er bestimmte Passagen hervorhebt, um Madeline glauben zu machen, dass sie diejenige war, die der Künstler sehen wollte sein letzter Aufenthalt in New York. Als Gegenleistung für sein Versprechen, ihn nie wiederzusehen, willigt die junge Frau ein, Coutances in die Vereinigten Staaten zu folgen.

Kaum in New York angekommen, finden Gaspard und Madeline wieder Freude am Leben, weil er einen vertrauten Ort wiedersieht und sie allmählich ihren Instinkt als Ermittlerin wiederbelebt.

Die beiden finden heraus, dass Adriano Sotomayor, das dritte Mitglied der Artificers - der Graffiti-Künstlergruppe, der Sean und Beatriz angehörten - dem von ihm projizierten Image eines integren Polizisten nicht gerecht wird. Der Mann entpuppt sich als verantwortlich für den Tod seines Halbbruders und die Entführung, Freiheitsberaubung und Ermordung mehrerer kleiner

Kinder. Diese Verbrechen waren Teil eines verräterischen Plans, um seine Mutter zu rächen, die ihn im Alter von fünf Jahren einem missbräuchlichen Vater überlassen hatte.

Als die beiden Möchtegern-Ermittler in Adrianos Kontoauszügen Ausgaben für große Mengen gefriergetrockneter Lebensmittel sowie Produkte und Gegenstände für kleine Kinder entdecken, schöpfen sie neue Hoffnung, Julian lebend zu finden. Im alten Haus der Familie Sotomayor fanden sie jedoch nichts. Nach einem x-ten Streit entdecken Madeline und Gaspard – sie beim Betrachten eines Fotos, er beim Gespräch mit einem Einheimischen –, dass Adrianos Vater ein Boot besaß. Dort finden sie schließlich den kleinen Julian, der sich in einem kritischen Zustand befindet, aber noch am Leben ist.

Während sie auf dem Weg sind, ihn ins Krankenhaus zu bringen, schlägt Gaspard Madeline vor, das Kind den Behörden zurückzugeben und ihr Leben getrennt fortzusetzen oder Julian eine Familie anzubieten. Madeline wählt letztere Option. Sie zünden das Boot an, um alle Beweise loszuwerden, und nachdem sie Julians Papiere neu ausgestellt haben, ziehen die drei nach Griechenland auf die Insel Snifos, wo Gaspard ein Segelboot besitzt.

UNTERSUCHUNG DER CHARAKTERE

MADELINE GRÜNE

Madeline Greenes Leben ist chaotisch. Zuerst war sie Mitglied der Mordkommission in Manchester, die sie nach einem schrecklichen Fall (Angel's Call, 2011) verließ, der sie seelisch am Boden zerstörte. Anschließend zog sie nach Paris, wo sie als Floristin arbeitete. Dort gelingt es der jungen Frau dank einer Begegnung, die Ermittlungen wieder aufzunehmen und aufzuklären, was sie in die Verwaltung des Federal Witness Protection Program in New York führt, wo sie als Cold Case Consultant landet. Unzufrieden mit ihrer Arbeit und ohne Grund, in den Vereinigten Staaten zu bleiben, nachdem ihr Partner sie verlassen hatte, um wieder mit seiner Frau und seinem kleinen Sohn zu leben, kündigte Madeline und kehrte nach England zurück.

Obwohl sie glaubt, dass ihre Wunden verheilt sind, unternimmt unsere junge Heldin schließlich einen Selbstmordversuch, nachdem sie ihren ehemaligen Freund mit seinem Sohn gesehen hat. Um sich wieder aufzubauen, kam sie Ende des Jahres nach Paris, wo sie ein Ferienhaus mietete und sich einer künstlichen Befruchtung unterzog. Weil sie merkt, dass die Zeit vergeht, fühlt sie sich nicht mehr in der Lage, einen Mann zu lieben, und diese Operation scheint die einzig gangbare Option zu sein, ein Kind zu bekommen. Wie Gaspard Coutances bereits in ihrem ersten richtigen Gespräch ahnte, zielt ihr Kinderwunsch in Wirklichkeit vor allem darauf ab, ein Gefühl der Einsamkeit zu erfüllen, das sie sich lange nicht eingestehen wollte: „En découvrant son image, Madeline put prize d'un spleen inattendu. Ihre Einsamkeit und Verwirrung erschien ihr in ihrer ganzen Rohheit" (S. 304). Trotzdem zeigt sie einen fast schon krankhaften Eigensinn, sich ihren Wunsch nach Mutterschaft zu erfüllen. Sie unterzieht sich dem schmerzhaften Prozess der Erstbehandlung, den sie nur schwer ertragen kann und der so schnell wie möglich abgeschlossen werden möchte. Umgekehrt kann sie sich ihr zukünftiges Kind jedoch nicht vorstellen.

Laut Galerist Bernard Bénédick fühlt sich Madeline nicht wohl; Ein Merkmal taucht oft in ihren Beziehungen zu anderen Menschen auf. Auch privat zeigen ihre Reaktionen auf die Schriftstellerin und ihren Ex-Freund Takumi, der sie bei ihrer Ankunft in Paris abholte, dass sie trotz ihres souveränen Auftretens nicht im Reinen ist. Dies spiegelt sich auch in ihrem Gesamterscheinungsbild wider, denn sie trägt immer noch denselben altmodischen Haarschnitt und trägt ihre alte Lederjacke.

Auch wenn sie keine Polizistin mehr ist, weckt die Betrachtung der Gemälde von Sean Lorenz und Julian ihren Instinkt als Detektivin und entfacht sie allmählich wieder: Es ist „der Funke, auf den sie gewartet hat"(S. 408).

GASPARD COUTANCES

Gaspard Coutances, ein produktiver Dramatiker, dessen Stücke weltweit aufgeführt werden, führt jedoch kein glückliches Leben. „Er lebt ein geregeltes Leben: Er schließt sich für einen Monat in Paris ein, um sein jährliches Theaterstück zu schreiben, verbringt sechs Monate auf den Kykladen, wo er ein Segelboot besitzt, und wenn die Touristensaison beginnt, verlässt er Griechenland und zieht in sein Chalet Montana. Er hat weder Handy noch E-Mail-Adresse und nutzt seine Agentin Karen als seine ‚Schnittstelle zur Außenwelt'. Der Schild, der es ihm ermöglichte, zu seinen Bedingungen zu leben und allen seine Meinung zu sagen.". (S.297-298). Das hindert ihn jedoch nicht daran, sein Einsiedlerleben zwischendurch zu verlassen, um die eine oder andere kulturelle Veranstaltung zu besuchen. Diese Ambivalenz spiegelt sich in seiner Gesamterscheinung wider, die eher den Eindruck eines sich selbst vernachlässigenden Mannes erweckt als den gebildeten Autor, der er ist: „Er war ein UFO: eine Art misanthropischer und pessimistischer Gentleman, der sich aber als angenehmer Begleiter erweisen konnte für die Dauer eines Abendessens." (S.123).

Sie ist auch eine integre Person, die nicht lügen kann, aber viel von Madelines Kontakt lernt.

Diese raue Art erklärt sich wahrscheinlich aus der leidvollen Vergangenheit des Schriftstellers, die von der Abwesenheit seines Vaters geprägt war, verursacht durch seine Mutter, die ihm die elterlichen Rechte

entziehen wollte. Er muss sich auch mit seinem kom-
plexen Verhältnis zum Alkohol auseinandersetzen, dessen er sich bewusst ist: „Also Freund, manchmal Feind,
Alkohol war der Schutzschild, der die Emotionen fern-
hielt, das Kettenhemd, das ihn vor Ängsten schützte,
war die beste Schlaftablette." (S. 54).

SEAN LORENZ

Obwohl diese Person zu Beginn der Geschichte tot ist,
ist ihr Schatten während der gesamten Geschichte
immer präsent, die sich immer um ein Element seines
Lebens oder seiner Arbeit dreht.

Sean Lorenz, ein ehemaliger Kleinkrimineller, der den
Artificers, einer Gruppe von Graffiti-Künstlern in New
York, angehörte, lernte 1992 die junge Französin Penelope
Kurkowski kennen und verliebte sich in sie. Er folgte ihr
nach Paris, wo der Galerist Bernard Bénédick, der wurde
später sein Freund, entdeckte sein Talent und machte
ihn zu einem geschätzten Maler.

Auch wenn seine Liebes-und Freundschaftsbeziehungen
Höhen und Tiefen haben, bleibt Lorenz ein guter Mensch
(„Eigentlich war er ziemlich bescheiden, und obwohl er
von der Malerei besessen war, hinderte ihn das nicht
daran, sich für Menschen zu interessieren." [Er zögerte
nicht, seinem Farbenhändler finanziell zu helfen oder
dem Restaurant, das er gerne besuchte, ein Mosaik zu
spenden.Er ist ein typisches Beispiel für einen gequälten Künstler, der sich nach der lang ersehnten Geburt
seines Sohnes Julian um ihn kümmert, große Freude

bedeutet, alle Inspiration und Lust am Malen zu verlieren. Äußerlich streng erscheinend, verwandelt er sich in der Gegenwart seines Kindes. Nach dem Verschwinden des Jungen ist der Maler zutiefst davon überzeugt, dass er noch lebt, und diese Hoffnung wird künstlerisch neu entfacht.

DIE ANDEREN ZEICHEN

Bernhard Benedikt

Der Galerist entdeckte das Talent von Sean Lorenz, als er nach Paris kam und Freund und Pate des kleinen Julian wurde. Als Erbe des Vermögens und des Hauses des Künstlers setzt er Madeline auf die Spur der drei verschwundenen Gemälde.

Penelope Kurkowski-Lorenz

Sie ist ein ehemaliges französisches Model, in das sich Sean verliebt hat, als er sie sah. Er folgt ihr nach Paris, wo er sie heiratet. Zusammen mit ihrem Sohn fällt sie der Rache von Beatriz Muñoz zum Opfer, von der ihr körperlicher Schaden bleibt und sie die einzige Zeugin von Julians Ermordung ist.

SCHLÜSSEL ZUM LESEN

EIN VIELSEITIGER THRILLER

Allgegenwärtige Spannung, zahlreiche Wendungen und Spannung prägen die literarische Gattung des Thrillers. All diese Elemente finden sich in dieser Geschichte wieder, deren Ausgang bis zum Ende unvorhersehbar bleibt.

Zu Beginn der Geschichte präsentiert sich Un Appartement à Paris als klassische Liebeskomödie: Zwei gegensätzliche Charaktere werden zur Interaktion gezwungen. Aber der Roman entwickelt sich bald zu einer polizeilichen Untersuchung, um die drei hypothetischen letzten Gemälde zu finden, die Sean Lorenz vor seinem Tod gemalt hat. Während die Entdeckung der Werke die Studien von Madeline und Gaspard abschließt, führt sie zu einem neuen, völlig unerwarteten Rätsel: Der kleine Julian, von dem seine Mutter Penelope behauptet, er habe ihn vor ihren Augen ermordet gesehen, soll von dem noch lebenden Maler getötet worden sein. Plausible Hypothese oder Wunschtraum eines angeschlagenen und verzweifelten Vaters? Die Zweifel bleiben bei unseren beiden Helden noch lange.

Auch die Ermittlungen auf der Suche nach Julian nehmen immer wieder neue Wendungen. Zunächst besteht Gaspard wie Sean darauf, dass sie den Jungen lebend finden werden, da seine Leiche nie entdeckt wurde. Der Tod des Entführers Adriano Sotomayor überzeugt

Madeline und Gaspard jedoch davon, dass Julian verstorben ist. Trotz aller Widrigkeiten geben ihnen die Erkenntnisse, die sie aus der Untersuchung von Adrianos häufigen Einkäufen gewinnen, neue Hoffnung, dass der Sohn von Sean und Penelope noch lebt. Als sie ihn jedoch endlich finden, lässt die Entdeckung des leblosen Körpers von Adrianos Mutter Bianca, die mit dem Jungen eingesperrt war, das Schlimmste befürchten, bevor es zu einem unerwarteten Happy End kommt.

Ein dritter Handlungsbogen folgt der Untersuchung des Verschwindens von Sean und Penelopes Sohn in Form eines mehrstufigen Cold Case. Die beiden Ermittler fragen zunächst nach der wahren Persönlichkeit von Adriano Sotomayor. Dann machten sie sich daran, das „Alder King"-Problem zu lösen, um herauszufinden, was wirklich mit dem kleinen Julian passiert ist. Diese Erkenntnisse erklären auch den Tod von Adrianos Halbbruder Reuben Sotomayor, das Verschwinden ihrer Mutter Bianca und die Entführung und Ermordung mehrerer kleiner Kinder.

Die Lösung dieser zahlreichen Geheimnisse ist für unsere Charaktere ein obligatorischer Schritt im Rahmen ihrer Ermittlungen zu Julian Lorenz. Dennoch hat es die Besonderheit, die Analyse zu beschleunigen und gleichzeitig zu verlangsamen, was dazu beiträgt, die Spannung aufrechtzuerhalten.

Schließlich ist der wechselnde Fokus zwischen Madeline und Gaspard ein weiteres Mittel, um die Spannung aufrechtzuerhalten: Er bricht den Rhythmus der Erzählung.

Es vervielfacht die Wendungen, da die Entdeckungen manchmal von der einen und manchmal von der anderen Seite gemacht werden.

EINE EINFÜHRUNGSGESCHICHTE

Obwohl Un Appartement à Paris alle Codes eines Thrillers hat, ist es dennoch eine Initiationsgeschichte für die beiden Hauptfiguren Madeline Greene und Gaspard Coutances.

In der Tat ist eine tiefgreifende Veränderung ihrer Persönlichkeit zu beobachten, die mit der Entdeckung neuer Werte verbunden ist: Liebe und Familie für Gaspard und Madeline. Diese Veränderung wird schrittweise geschehen, während die beiden Helden nach den letzten Gemälden von Sean Lorenz und später seinem Sohn Julian suchen.

„Ohne es sich selbst einzugestehen, hielten Madeline und Gaspard beide an dem verrückten Glauben fest, dass diese Mysterien ihnen ein wenig Wahrheit vermitteln würden, weil sie bei der Suche nach diesen Bildern auch einen Teil von sich selbst verfolgten." (S.178). Zu Beginn des Romans unternimmt Madeline einen Selbstmordversuch, nachdem sie ihren Ex-Freund mit seinem kleinen Sohn gesehen hat – dem Kind, von dem sie sich wünschte, es hätte es haben können. Sie hat dank der Intervention ihrer besten Freundin in extremis überlebt, ihr Alter und das Fehlen einer ernsthaften Beziehung veranlassen sie, sich mit der In-vitro-Fertilisation auseinanderzusetzen. Entschlossen, sich wieder aufzubauen – das ist der Grund für ihren Aufenthalt in Paris – träumt sie von einer Familie, kann sich aber nicht vorstellen, dass ein Mann dazugehören könnte, weil „ihr Herz nicht mehr die Kraft hatte zu lieben" (S.141).

Gaspard, ein Misanthrop und Technophober, hat alle Pläne, eine Familie zu gründen, verworfen. Warum sollte er bereitwillig ein Kind erwarten, das nicht darum gebeten hat, in eine solche Welt hineingeboren zu werden? Der Schriftsteller hatte keine glückliche Kindheit: Seine Mutter hinderte ihn daran, seinen Vater zu sehen, den er mit Hilfe des Kindermädchens kennenlernen konnte, und der Vater erhängte sich schließlich, nachdem er im Kampf um seine elterlichen Rechte festgenommen worden war.

Obwohl das gemeinsame Studium der letzten drei Werke des Malers Sean Lorenz sie seit ihrer ersten stürmischen Begegnung in Paris gelehrt hat, miteinander zu kommunizieren, markiert ihr Umzug nach New York und das Studium des kleinen Julian einen ersten Wendepunkt in ihrem Leben, Stichwort Protagonisten.

Der erste Schritt in der Entwicklung von Gaspards Charakter ist, als er versucht, Madeline zurückzuhalten, während sie sich darauf vorbereitet, in das Flugzeug nach Madrid zu steigen, wo sie ihr IVF-Verfahren beginnen soll. Da er keine Kinder will, ist er der erste, der davon überzeugt ist, dass der kleine Julian lebt, und ergreift die Initiative bei diesem Unterfangen. Diese Veränderung drückt sich auch körperlich aus, da Karen, seine Agentin, sie wahrnimmt. „Du hast dich rasiert, deine Brille ist weg, du trägst Anzüge und du riechst nach Lavendel!" (S. 300).

Doch der eigentliche Schock, der Point of no Return, findet in New York statt, genau in dem Moment, als Gaspard den kleinen Julian in den Armen hält und ihn fragt, ob er sein Vater sei. Nach kurzem Zögern antwortet der Dramatiker schließlich mit Ja. So kommt es, dass Gaspard auf dem Weg zum Krankenhaus im Stau stecken bleibt und erneut sein Glück versucht. Er vermutet, dass er und Madeline einen Wendepunkt in ihrer Geschichte erreicht haben: Sie können den kleinen Julian den Behörden übergeben und wieder getrennte Wege gehen oder eine Familie gründen und dem Jungen anbieten, dessen Leben und Zuhause angeschlagen sind.

Dieser Vorschlag der Autorin löst bei der Ex-Cop einen tiefen Schock aus: Sie erkennt ihre Zerbrechlichkeit. Schließlich akzeptiert sie es und wählt das Familien- und Eheleben, das sie aus Angst vor neuer Liebe und Leid ablehnen möchte.

Für das Trio beginnt ein neues Leben.

Ohne es zu wissen, war Julian der Faktor, der Madeline und Gaspard tiefgreifend verändert hat - langsam oder schnell, je nachdem, welche Figur Sie betrachten - wie im Epilog erzählt wird.

„Für Madeline, für mich, für dich der Beginn einer neuen Existenz. Eine echte Wiedergeburt" (S. 531).

DIE BEDEUTUNG DES KÜNSTLERISCHEN PROZESSES

„Kunst ist wie ein Feuer, sie entsteht aus dem, was sie brennt." – Jean-Luc Godard (S.181)

Die Kunst ist in dieser Geschichte ebenso allgegenwärtig wie der künstlerische Prozess, der nach den von Musso dargestellten Elementen nur aus Leiden entstehen kann. Auch die Figur des Sean Lorenz wird als Archetyp des gequälten Künstlers dargestellt.

Eine unglückliche Kindheit scheint ein gemeinsamer Nenner zwischen Sean und Gaspard zu sein. Sein Vater hat Gaspard nie wiedererkannt. Er wurde von der Schule verwiesen, geriet in Kleinkriminalität und schloss sich in seinen späten Teenagerjahren einer Gruppe von Sprayern an, als er „ein jugendliches Aussehen, aber ein bereits gequältes Gesicht" hatte (S. 72). Der zweite wurde von seiner Mutter daran gehindert, seinen Vater zu sehen. Nur mit Hilfe seines Kindermädchens lernt Gaspard seinen Vater sporadisch kennen, bis er eines Tages versehentlich erwähnt, dass sie zusammen ins Kino gegangen sind. Er verurteilte seinen Vater unwissentlich zum Entzug der elterlichen Rechte und zum Selbstmord, nachdem er von der Polizei festgenommen worden war, während er darum kämpfte, seinen Sohn weiterhin zu sehen.

Dieses Leiden nährt die Produktivität von Coutances, der jedes Jahr zu Weihnachten einen Monat damit verbringt, einen einsamen Brief in Paris zu schreiben, der

Stadt, die mit seiner unglücklichen Kindheit verbunden ist, als er sich seines Vaters beraubt sah. Er bezeichnet dies als „Technik des Schreibens in einer feindlichen Umgebung" (S. 27). Im Gegensatz zu Sean Lorenz ist sich der Dramatiker der Auswirkungen seines Unwohlseins auf seine Arbeit bewusst; Er ist realistisch in Bezug auf sein Alkoholproblem. Einsamkeit, Unzufriedenheit und Traurigkeit lassen ihn schreiben, was seine Agentin Karen sehr gut verstand: Aus diesem Grund lässt sie ihn so leben.

Für Sean ist Leiden ein ständiger Freund. Er findet Inspiration in seiner turbulenten Ehe mit Penelope. Er malte einundzwanzig Porträts von ihr und gefährdete damit ihr seelisches Gleichgewicht. Das ehemalige Model beschreibt die Malerei ihres Ex-Mannes als „kannibalistisch", das „die Existenz umbringt" (S. 194). Seans Psychiater bestätigt diese Ansicht mit den Worten: „Das uralte Prinzip der schöpferischen Zerstörung. (S. 169).

Darüber hinaus wendet Sean auch Zerstörung auf seine Werke an. Als Perfektionist – oder ein durchweg Unzufriedener – zögerte er nicht, seine gesamte Karriere zu zerstören: ‚Wenn er mit einem Bild nicht zufrieden war, hat Lorenz es sofort verbrannt.' Zwischen 1999 und 2013 hat er über zweitausend Bilder gemalt, fast alle er zerstörte. Nur 40 Gemälde entgingen seinem grimmigen Urteil"(S. 84).

Diese unglückliche Künstlertheorie wird mit der Geburt von Seans Sohn bestätigt. Nach zehn langen Jahren des Hoffens und Wartens auf dieses Kind war die Künstlerin überglücklich, als Julian endlich ankam, obwohl die Geburt mit drei Jahren künstlerischer Unfruchtbarkeit zusammenfiel. Denn wie der Agent von Coutances es ausdrückte: „Glück ist schön zu leben, aber nicht sehr gut zum Schaffen. Kennen Sie erfüllte Künstler?" (S. 301). Dieses künstlerische Hindernis für das Glück durchdringt auch Gaspard, der trotz aufkeimender Gefühle für Madeline beschließt, mit dem Schreiben aufzuhören.

Als sein Sohn verschwindet, scheint der Schmerz diesmal zu groß, um in künstlerisches Schaffen sublimiert zu werden: Lorenz gibt schließlich seine Arbeit als Maler auf und „fällt in seine alten Dämonen zurück: Drogen, Alkohol, Medikamente". (S. 89). Nur die wilde Hoffnung, dass er seinen Sohn nach seiner Nahtoderfahrung lebend wiederfindet, gibt ihm die Kraft, wieder zu malen. Die zerbrechliche, aber lebendige Hoffnung, gefärbt von ungeheurer Ungewissheit, wird zum fruchtbaren Boden für eine neue künstlerische Periode.

STOFF ZUM NACHDENKEN

EINIGE FRAGEN, UM IHRE ÜBERLEGUNG ZU VERTIEFERN.

- „Paris ist immer eine gute Idee." (S. 25). Wie und auf welche Charaktere trifft dieses Zitat von Audrey Hepburn zu?

- „Mama, schau, ich fliege." Welche Rolle spielt dieser Satz, der am Anfang und am Ende des Romans steht?

- Dieser Roman von Musso könnte als „gigantische Erzählung" bezeichnet werden. Bitte erläutern Sie, warum das so ist und welche Auswirkungen sich daraus ergeben.

- Ist Gaspard der Misanthrop, für den er gehalten wird? Was ist mit Madline?

- Wie erklären Sie sich Madelines Reaktion, als Gaspard sie fragt, ob sie möchte, dass sich ein Kind erfüllt und ganz fühlt?

- Die Frage der Vaterschaft nimmt in dieser Geschichte einen wichtigen Platz ein. Welche Rolle spielt sie?

- „Ich bin über nichts zutiefst optimistisch"(S. 117). Welche Figur (en) hätte (n) diesen Satz von Francis Bacon auch sagen können? Warum?

- Erklären Sie die Rolle der folgenden vier Kapitel: „Gaspard", „Penelope"(zweimal) und „Bianca"? Was bringen sie in Bezug auf den Schreibstil der restlichen Geschichte?

Ihre Meinung ist uns wichtig! Hinterlassen Sie einen Kommentar auf der Website Ihrer Online-Buchhandlung und teilen Sie Ihre Favoriten in sozialen Netzwerken!

ZUSÄTZLICHE INFORMATION

REFERENZAUSGABE

MUSSO G., *Eine Wohnung* in Paris, Paris, Pocket, 2018.

Deine Meinung ist uns wichtig!
Hinterlasse doch einen Kommentar auf der Seite
unserer Online-Buchhandlung
und teile Deine Favoriten in den sozialen Netzwerken!

derQuerleser.de
Literatur auf den Punkt gebracht!

Die präsentierten Inhalte werden vom Herausgeber überprüft, dennoch übernimmt dieser keine Haftung für die inhaltliche Richtigkeit, Vollständigkeit und Aktualität der vorgestellten Inhalte.

www.derQuerleser.de

ISBN digitale Ausgabe: 9782808686983
ISBN gedruckte Ausgabe: 9782808698382
Pflichtexemplar: D/2023/12603/1118

Cover: © Plurilingua
Logo: © Graphicrepublic (Freepik.com) und Plurilingua

Digitale Aufbereitung: Primento, der digitale Partner der Herausgeber.